AF455905

6 juillet 1829

ŒUVRES
COMPLETTES
DE
M. SAURIN.

TOME SECOND.

ŒUVRES

COMPLETTES

DE

M. SAURIN,

De l'Académie Françoise.

TOME SECOND.

A PARIS,

Chez la Veuve DUCHESNE, Libraire, rue Saint-Jacques, au Temple du Goût.

M. DCC. LXXXIII.

Avec Approbation & Privilege du Roi.

Pieces contenues dans le Tome second.

L'ANGLOMANE,
OU
L'ORPHELINE LÉGUÉE,
COMÉDIE
EN UN ACTE ET EN VERS LIBRES,

Par M. SAURIN de l'Académie Françoise:

Représentée devant SA MAJESTÉ, *à Fontainebleau, le Jeudi 5 Novembre 1772, par ses Comédiens François ordinaires; & à Paris, le Lundi 23 du même mois.*

Suivie d'une Épître à un jeune Poëte qui veut renoncer aux Muses.

Le prix est de 24 sols.

A PARIS,

Chez la Veuve DUCHESNE, Libraire, rue Saint-Jacques, au-dessous de la Fontaine S.-Benoît, au Temple du Goût.

M. DCC. LXXII.

Avec Approbation & Privilége du Roi.

L'ANGLOMANIE,

OU

L'ORPHELINE LÉGUÉE,

COMÉDIE

EN UN ACTE ET EN VERS LIBRES;

Par M. Saurin de l'Académie Françoise:

Représentée devant Sa Majesté à Fontainebleau, le Jeudi 5 Novembre 1772, par les Comédiens François ordinaires; & à Paris, le Lundi 23 du même mois.

Suivie d'une Épître à un jeune Poëte qui veut renoncer aux Muses.

A PARIS,

Chez la Veuve Duchesne, Libraire, rue Saint-Jacques, au-dessous de la Fontaine S. Benoît, au Temple du Goût.

M. DCC. LXXII.

Avec Approbation & Privilége du Roi.

AVERTISSEMENT.

CETTE Pièce est la même qui a été donnée en 1765, sous le titre de l'*Orpheline léguée* : Elle étoit en trois Actes, je l'ai mise en un : il ne m'a fallu, pour cela, que retrancher plusieurs Scènes dont l'effet avoit été médiocre, & qui retardoient la marche de l'action : je la crois, actuellement, plus vive & plus rapide ; j'ai, d'ailleurs, retouché le Dialogue & je l'ai resserré ; en un mot, j'ai tâché de donner à l'Ouvrage le dégré de valeur auquel de foibles talens me permettent d'atteindre.

Je ne sais si j'ai besoin de dire que dans cette Comédie je n'ai pas prétendu jetter du ridicule sur les Ecrivains illustres qu'a produit l'Angleterre. Je les admire & je les respecte ; je n'ai voulu attaquer que cet enthousiasme aveugle de nos *Anglomanes*, que cette espèce de culte qu'ils rendent aux Auteurs Anglois, peut-être moins pour les exalter, que pour rabaisser les nôtres. Ce travers prend sa source dans la jalousie secrette qu'on porte aux hommes célèbres de sa nation, jalousie qu'on ne s'avoue pas, mais qui n'en est pas moins réelle. Les grands Hommes étrangers ne font pas ombrage à notre petitesse, ils ne brillent point à nos yeux d'un éclat qui nous importune ; & en nous établissant juges entre eux & les grands Hommes de notre Nation, nous croyons partager, en quelque sorte avec les premiers, la supériorité que nous leur accordons sur les autres. Je n'en dirai pas d'avantage ; mais que chacun descende en lui-même, qu'il s'interroge & confesse s'il n'en coûte pas moins à son cœur pour admirer un Étranger, que pour rendre justice à un Compatriote.

Shakespear, sur qui je me suis permis quelques plaisanteries dans cette Pièce, étoit, assurément, un génie du premier ordre ; mais on ne peut nier, qu'à côté des beautés les plus sublimes, on ne trouve, dans ses ouvrages, les plus monstrueuses absurdités : les beautés sont à lui, les défauts sont à son siecle ; je le veux : mais qu'on reconnoisse, au moins, que ce sont des défauts, & qu'on ne réponde pas ce que M. Dacier répondoit sur les défauts d'Homere les plus marqués : *cela n'est que divin.*

On a joint à cette petite Comédie une Épître qui a été lue dans l'Académie Françoise, à l'assemblée de la Saint-Louis derniere.

A MA FEMME.

Ea sola voluptas,
Solamenque mali.

O ma tendre amie ! ô ma femme !...
Gens du bon ton diroient, *Madame*,
Gens du bon ton, souvent sont des époux bien froids,
Ma femme, donc ; — reçois l'hommage

D'un mari dont le cœur gaulois
Ne s'est point soumis à l'usage,
Et de soi seul a pris des loix,
En te dédiant son Ouvrage.
Mais cet Ouvrage, il est ton bien :
Ton goût, qui sert de regle au mien,
Est noble & pur comme ton âme ;
Et mon foible génie, inspiré par le tien,
Trouve dans l'objet qui m'enflâme
Ma récompense & mon soutien.
D'un trop superbe espoir, autrefois animée,
Ma Muse desiroit, pour prix de ses travaux,
Quelque peu de cette fumée,
Aliment du Poëte ainsi que du Héros.
D'un vain bruit aujourd'hui, mon âme est peu charmée.
Et dans la lice, encor, si l'on me voit courir,
Si des palmes de la Victoire,
Les rides de mon front cherchent à se couvrir,
C'est pour vivre en ton cœur, & non dans la mémoire.
Te plaire est désormais mon unique desir,
Et je ne voudrois de la gloire
Que pour avoir à te l'offrir.
Mon cœur te doit son nouvel être :
D'une nuit de douleur long-tems enveloppé,
J'ai vû mes beaux ans disparoître ;
Et dans cet âge où l'homme, hélas ! trop détrompé,
Regrette, avec l'espoir, le bonheur échappé,
C'est toi qui me l'as fait connoître.
Des fleurs de ton printems, tu semes mon déclin,
Et tu rends le soir de ma vie
Mille fois plus digne d'envie
Que ne fut jamais son matin.

PERSONNAGES.

ÉRASTE, Anglomane.	*M. Préville.*
DAMIS, Amant de Sophie.	*M. Molé.*
LISIMON, Ami d'Éraste.	*M. Brisard.*
BÉLISE, Sœur d'Éraste.	*Mme. Drouin.*
SOPHIE, jeune parente d'Éraste.	*Mlle. Doligni.*
FINETTE, Suivante.	*Mlle. Fannier.*
L'OLIVE.	*M. Feuilli.*

La Scène est dans un Sallon de la Maison de Campagne d'Éraste.

L'ANGLOMANE,

OU

L'ORPHELINE LÉGUÉE.

COMÉDIE.

SCENE PREMIÈRE.

DAMIS, *en habit à l'Angloiſe, avec une petite perruque ronde;* FINETTE, *avec un petit chapeau à l'Angloiſe.*

FINETTE.

C'EST vous, Monſieur Damis?

DAMIS.

Chut! Blacmore eſt mon nom:
De plus, Anglois, ſouviens-t'en.

FINETTE.

Bon:

A iv

De ce déguiſement que faut-il que j'augure ?

DAMIS.

Tu le ſçauras ; mais par quelle aventure
Te rencontré-je en ce logis ?
Lorſque je quittai ce pays,
Pour faire un tour en Angleterre,
Chez la Marquiſe d'Enneterre,
Tu ſervois.

FINETTE.

Il eſt vrai ; mais avec de gros biens,
Prodigue par caprice, avare par nature,
Elle eſt impérieuſe & dure ;
Ne hait que ſon époux, & n'aime que ſes chiens.
Que ſans ceſſe pour eux il fût maltraité ; paſſe,
C'eſt un mari ; mais moi, j'en devins bien-tôt laſſe.
Un beau jour je quittai Madame & ſes gredins.
Enfin, je ſers ici.

DAMIS.

Tant mieux : pour mes deſſeins
Je t'y trouve à propos. Finette eſt mon amie,
Et n'a pas oublié que je ſuis libéral.

FINETTE.

Oh ! j'oublierois mon nom ; chez moi c'eſt maladie.

DAMIS, *lui donnant une bague.*

Ceci t'en guérira : prends.

FINETTE, *conſidérant la bague.*

La bague eſt jolie.

(Elle la met à ſon doigt en faiſant la révérence.)

On ne refuſe pas le remède à ſon mal.

Çà, pour bien m'acquitter, Monsieur, que faut-il faire?

DAMIS.

Me mettre au fait d'Éraste & de son caractere;
Je n'en suis instruit qu'à demi.

FINETTE.

Votre Oncle, cependant, est son meilleur ami.

DAMIS.

S'il faut qu'Éraste à Lisimon ressemble,
C'est un Philosophe parfait.
Mais lorsque l'amitié les a liés ensemble
J'étois absent.

FINETTE.

Votre Oncle est un sage, en effet,
(S'il est pourtant permis à quelqu'homme de l'être.)
Éraste l'est bien moins qu'il ne le veut paroître.
Un trait, pourtant, lui fait honneur.

DAMIS.

Quel trait?

FINETTE.

Il suffit seul pour vous peindre son cœur.
Sophie....

(*Elle s'arrête & regarde Damis.*)

DAMIS, *vivement.*

Eh bien! achève donc: Sophie....

FINETTE.

Oh! oh! quel feu! Je gagerois ma vie....

DAMIS.

Ne gage point, & finis promptement.
Tu disois que Sophie....

FINETTE.

Eut pour pere Pirante
Ami d'Éraste, & son parent;
Que d'une fortune brillante
Privé par un maudit procès,
Il soutint, d'une ame constante,
Ce revers, que sa mort suivit pourtant de près.
Sophie étoit lors en bas âge,
Et son pere, pour héritage,
N'avoit à lui laisser qu'un fond très décrié,
L'amitié d'un parent. Qui s'y seroit fié?

DAMIS.

Tout cœur honnête.

FINETTE.

Eh! bien, Pyrante osa le faire;
Et par un Testament d'espèce singulière....

DAMIS.

Qu'ordonne-t-il?

FINETTE.

Vous allez voir:
Ma chere enfant, dit-il, va demeurer sans pere;
Elle est l'unique bien qui soit en mon pouvoir.
Du don de la nourrir, élever & pourvoir,
Je fais mon ami Légataire.

DAMIS.

Que cet acte est touchant! il honore à jamais

L'ami capable de le faire,
Et l'ami digne d'un tel legs.

FINETTE.

Éraste l'accepta sans y mettre de faste :
Un Couvent est l'asyle où des soins assidus
Ont formé Sophie aux vertus.
Elle comptoit seize ans, quand une sœur d'Éraste....

DAMIS.

Quelle est cette sœur ?

FINETTE.

Entre nous,
C'est un composé rare, & qui par fois allie
Un bon sens étonnant à beaucoup de folie :
Veuve, graces au Ciel, de son troisième Époux,
Elle vint demeurer au logis de son frère.
Notre Orpheline alors quitta son Monastere.
Un an depuis s'est écoulé :
En sorte que, tout calculé,
La pauvre enfant est affligée
De dix-sept ans, & partagée
De trésors qui s'en vont croissant
Chaque jour, & s'embellissant.

DAMIS.

Ah ! Finette, qu'elle est charmante !
Au Couvent où Sophie a d'abord demeuré,
Habite une mienne parente
Qu'y vient voir, quelquefois, cet objet adoré.

FINETTE.

C'est donc là que Sophie, offerte à votre vue....

DAMIS.

C'est là que pour jamais j'ai fait vœu de l'aimer.

FINETTE.

Comment s'en empêcher ?

DAMIS.

Sa beauté t'est connue.

FINETTE.

Et je sais que votre âge est prompt à s'enflâmer.

DAMIS.

Mais n'avoueras-tu pas qu'un charme inexprimable....

FINETTE.

Vous l'aimez, Monsieur, tout est dit...
Comme sa propre fille, Éraste la chérit,
Et c'est à cet égard un homme incomparable.

DAMIS.

Je le trouve très-respectable.

FINETTE.

C'est-là son beau côté; mais voyez le revers :
Il s'est fait singulier pour être Philosophe :
C'est la source de cent travers,
Qui, de tout le public, lui valent l'apostrophe
Du plus grand fou de l'Univers.
Placé dans la Magistrature,
Où l'on vante à bon droit, son savoir, sa droiture,
Il faut bien qu'à la Ville il en porte l'habit;
Mais dans cette campagne, où d'ordinaire il vit,
On s'habille, on se coeffe & l'on *toste* à l'Anglaise.
(J'estropiai long-tems ce mot encor nouveau.)

A son œil prévenu, sans un petit chapeau,
Il n'est point de femme qui plaise.

DAMIS.

Je trouve qu'en effet il te sied assez bien;
Mais je crois qu'à Sophie....

FINETTE.

Oh! sans doute.... Il n'est rien
Qui d'Éraste obtienne l'estime,
Si, venu d'Angleterre, il n'en porte le sceau:
Chez ce peuple tout est sublime,
Et chez nous il n'est rien d'utile ni de beau.

DAMIS.

C'est une nation estimable

FINETTE.

Sans doute:
Mais, exclusivement, la vouloir estimer!
Tout admirer chez elle, & chez nous tout blâmer!
Soutenir qu'autre part personne ne voit goutte!

DAMIS.

C'est fort mal fait: à mon avis,
Tout peuple a ses défauts, & tout peuple a son prix;
Mais à des préjugés, s'il faut que l'on se livre,
Par préférence un Citoyen doit suivre
Ceux qui lui font aimer son Prince & son pays.

FINETTE.

Avec mille vertus il a cette manie.
Ne prétend-il pas que Sophie
Apprenne incessamment l'Anglais?

DAMIS.

Tu vois son Maître.

FINETTE.

Vous ?

DAMIS.

Te voilà bien surprise ?

FINETTE.

Aux Belles, je le sais, vous parlez bon Français ;
Mais, l'Anglois ?

DAMIS.

Je l'ignore.

FINETTE.

Eh ! comment donc ?...

DAMIS.

Sottise !
Enseigner ce qu'on ne sait pas,
Est-ce chose, dis-moi, si rare dans le monde ?
Que de gens à Paris bien vetus, gros & gras,
Dont, sur ce beau secret, la cuisine se fonde !

FINETTE.

Éraste, cependant...

DAMIS.

Des Anglois il fait cas ;
Mais je sais que pour lui leur langue est de l'Arabe,
Il n'en sait pas une syllabe :
Moi, j'en puis écorcher quelques mots au besoin.
(Il contrefait l'accent Anglois.)
Odi dou ; Miss, Kismi.

FINETTE.

Ce mot a de quoi plaire.

DAMIS, *voulant l'embrasser.*

Il faut te l'expliquer.

FINETTE.

Épargnez-vous ce soin.

DAMIS.

Je suis muni d'une Grammaire :
Londres fut un tems mon séjour ;
Et puis j'aurai pour moi la Fortune & l'Amour.

FINETTE.

L'Amour ! vraiment Éraste en condamne l'usage :
Avec ce regard tendre, & ce joli visage.
(Jugez combien cet homme est fou !)
De sa jeune Pupille il prétend faire un Sage,
Qui, renonçant au mariage,
Dans sa retraite de Hibou,
Perde à philosopher le plus beau de son âge,
Et prenne, au lieu d'amour, de l'ennui tout son soû.

DAMIS.

Il faut m'aider à rompre un projet si blâmable.

FINETTE.

Mais Sophie, à vos vœux, est-elle favorable ?

DAMIS.

Mon amour n'a point éclaté :
Mes regards seuls ont déclaré ma flâme ;
Je croirois cependant avoir touché son âme,
Si ses yeux ne m'ont pas flatté.

FINETTE.

De ſon cœur ils ſont la peinture,
La naïve Sophie, en ſa ſimplicité,
Eſt une glace encor pure,
Qui réfléchit la Nature
Dans toute ſa vérité.

DAMIS.

Mais, j'ai pu me tromper moi-même;
Sophie ignore encore à quel excès je l'aime,
Et cet amour fait tout mon prix.

FINETTE.

Si modeſte à vingt ans, tandis qu'en cheveux gris,
Il eſt tant de fats honoraires !
Vous êtes un Phénix, & l'on ne voit plus guères...
Mais Éraſte s'avance ; adieu.
Il eſt très-important de prévenir Sophie.
Je m'en charge.

DAMIS.

A tes ſoins mon amour ſe confie.

SCENE II.*

DAMIS; ÉRASTE, *vétu à l'Angloise.*

ÉRASTE.

Pardonnez-moi, si, dans ce lieu,
Je me suis un peu fait attendre :
Avec mes Ouvriers j'étois dans mon jardin,
Où, par un changement qui doit peu vous surprendre,
Suivant l'usage Anglois, j'ai voulu, ce matin,
Qu'on fît, d'un grand Parterre, un petit Boulingrin;
J'y veux avoir de tout, des vallons, des collines,
Des prés, une plaine, des bois,
Une Mosquée, un pont Chinois,
Une rivière, des ruines...

DAMIS, *imitant l'accent Anglois pendant toute la Scène.*

Vous avez donc, Monsieur, un immense terrain?

ÉRASTE.

Moi, point : trois arpens dont Le Nôtre
A jadis tracé le dessin.
On vante sa façon, je préfère la vôtre.

DAMIS.

Je vois que vous avez du goût.

* Dans cette Scene & dans toutes celles où paroît Éraste, Damis contréfait un peu l'accent Anglois.

ÉRASTE.

Si je ne puis en grand imiter la Nature,
D'un parc Anglois, du moins, j'aurai la mignature.
Ma foi, vous nous passez en tout,
Même dans les Beaux-Arts : Hogard dans la Peinture,
Hindel dans la Musique...

DAMIS.

Hindel est Allemand.
Prenez garde, Monsieur.

ÉRASTE.

L'est-il ?

DAMIS.

Assurément.

ÉRASTE.

Laissons cela, Monsieur. Qu'est-ce qui me procure
L'honneur ? ...

DAMIS.

Premièrement, la curiosité :
La France, dans son sein, n'a point de rareté
Qui doive, plus que vous, attirer la visite
D'un étranger, curieux de mérite.

ÉRASTE.

On m'accuse, Monsieur, de singularité,
Et vous m'en trouverez, peut-être;
Mais en voyant ce que les hommes font,
Je m'applaudis que le Ciel m'ait fait naître
Si différent de ce qu'ils sont.

DAMIS.

Permis à vous, Monsieur, de l'être.

A Londres chacun prend la forme qui lui plaît,
On n'y surprend personne en étant ce qu'on est :
Quant à moi, je suis ce Blacmore,
Dont on vous a parlé pour enseigner l'Anglois.

ÉRASTE.

De vous Dorante hier m'entretenoit encore,
Il m'en faisoit vraiment un grand éloge ; mais
A votre physionomie,
Beaucoup plus qu'à lui je m'en fie :
On se peint dans ses traits comme dans un miroir :
Locke l'a dit.

DAMIS.

Je crois...

ÉRASTE.

Par exemple, à vous voir,
Vous êtes un penseur...

DAMIS.

Oh! Monsieur...

ÉRASTE.

Je parie
Que sur vous le beau Sexe a fort peu de pouvoir,
Que l'Amour, à vos yeux, n'est rien qu'une folie.
Hem! suis-je pénétrant? & n'admirez-vous pas...

DAMIS.

Jamais je n'admire.

ÉRASTE.

En tout cas,
Si votre esprit jamais n'admire,
Il trouvera chez nous ample matiere à rire.

DAMIS.

Jamais je ne ris.

ÉRASTE, *à part.*

Oh! cet homme est bien Anglois,
Bien bon.

DAMIS.

On rit de tout chez les François;
Sachez, Monsieur, qu'en Angleterre,
On se pend quelquefois; mais qu'on n'y rit jamais.

ÉRASTE.

Ah! si dans ce pays j'avois un coin de terre!

SCENE III.

SOPHIE, BÉLISE, ÉRASTE, DAMIS, FINETTE.

ÉRASTE, *en lui présentant Damis.*

SOPHIE, approchez-vous, voilà le Précepteur...
De l'embarras! de la rougeur!

SOPHIE, *à part.*

Finette en vain m'a prévenue,
Je ne puis...

BÉLISE, *à Sophie.*

Pourquoi donc baisser ainsi la vûe?
Ce maître-là ne fait pas peur;

Et Monsieur est fait de manière
A trouver plus d'une Écolière.

ÉRASTE.

Eh bien ! ma sœur, vous n'en vaudrez que mieux:
Etudiez la langue Anglaise,
Il peut fort bien montrer à deux.

BÉLISE.

Moi, de l'Anglois ? à Dieu ne plaise !

DAMIS, *bas à Sophie.*

Si vous me découvrez, vous me donnez la mort.

(Pendant cette Scène on a apporté la table à thé, sur laquelle Finette a tout arrangé.)

ÉRASTE, *à Damis.*

A l'Angloise, de bon accord,
Ici le déjeûner le matin nous rassemble:
Ma Pupille verse le thé.
Asseyons-nous.

(Ils se placent autour de la table, & Sophie verse le thé.)

ÉRASTE, *à Sophie.*

La main vous tremble.

BÉLISE.

Vous n'avez point votre gaieté.

SOPHIE.

Depuis un temps je l'ai perdue.

BÉLISE.

Comment ?

SOPHIE.

Je ne sais pas comme elle étoit venue,
Je ne sais pas comment elle a pu me quitter.

DAMIS.

Peut-être qu'en ce lieu ma présence vous gêne.

SOPHIE.

Oh ! vous n'en pouvez pas douter.

ÉRASTE.

De ce discours naïf n'ayez aucune peine ;
Elle n'a vécu qu'avec nous.
Quand elle aura reçu quelques leçons de vous,
Elle sera plus à son aise.
Allons, près de Monsieur, avancez votre chaise ;
Pourquoi vous tenez-vous si loin ?

SOPHIE.

Mais, Monsieur, il n'est pas besoin....

DAMIS.

Mademoiselle en est aux élémens, j'espère,
Et tant mieux, c'est ainsi que j'aime une Écoliere ;
Moins elle sçait & plus je m'y donne de soin.

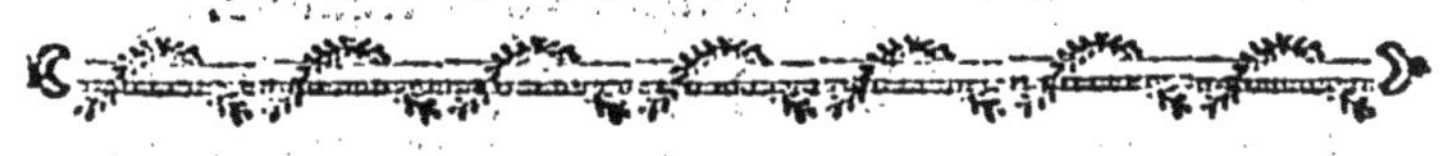

SCENE IV.

Les Acteurs précédens, L'OLIVE.

L'OLIVE, *en donnant une Lettre à Éraste.*

Une Lettre de Londre.

(Il sort.)

ERASTE, *à Damis.*

Ouvrons... Tenez, mon maître,
C'est de l'Anglois ; lisez, ce que j'y puis connoître ;
C'est qu'elle est de Cobbam.

DAMIS, *embarrassé.*

Fort bien.

ÉRASTE.

Le bon Milord,
Blessé que notre langue étende son empire,
Possede le François & ne veut pas l'écrire.

DAMIS.

Il a tort .... Ce Cobbam est votre ami.

ÉRASTE.

Très-fort.

DAMIS.

Cette Lettre contient quelque secret, peut-être.

ÉRASTE.

Non, un de ses enfans se devoit marier ;
Sans doute ce billet m'en apprend la nouvelle.

DAMIS.

Je crains...

ÉRASTE.

C'est mon affaire.

DAMIS.

On ne peut le nier.
Cependant....

ÉRASTE.

Lisez donc.

DAMIS, *à part.*

Je l'échapperai belle.
Si je puis.... Essayons.

(*Il fait semblant de lire.*)

« Je vous fais part, mon cher ami, du mariage de ma
» Fille.

ÉRASTE.

Sa Fille ! il n'en a pas.

DAMIS.

N'ai-je pas dit son Fils ?

ÉRASTE.

Non.

DAMIS.

Ma bouche, en ce cas,
S'est méprise.... *Mon fils*, voilà le mot, (*briquen.*)

ÉRASTE.

De grace
Continuez.

DAMIS, *recommençant.*

« Je vous fais part, mon cher ami, du mariage de
» mon fils, qui s'est fait à ma grande satisfaction.

ÉRASTE.

La chose a bien changé de face :
Ce mariage-là n'étoit point de son goût.

DAMIS.

Il vous le dit : tenez, écoutez jusqu'au bout.

(*Il lit.*)

« Je n'ai pas toujours pensé de même ; vous saurez les
» raisons qui m'ont fait changer de sentiment : je ne vous

» écris qu'un mot, mais je vous dirai les détails à Paris,
» où je compte, dans peu, avoir le plaisir de vous em-
» brasser ».

ÉRASTE.

Il n'est donc plus si fort tourmenté de sa goutte!
Bien agréablement je me trouve surpris,
Je l'ai cru hors d'état d'entreprendre une route..

DAMIS.

La satisfaction.... Ce mariage.... Un fils....

ÉRASTE.

Je serai bien charmé de le voir à Paris.
Ce n'est pas un esprit frivole
Que celui-là : sur ma parole,
Peu de gens seront de son goût.
Avons-nous des hommes en France?
Des colifichets, & c'est tout.
Les précepteurs du monde à Londre ont pris naissance:
C'est d'eux qu'il faut prendre leçon.
Aussi je meurs d'impatience
D'y voyager. De par Newton
Je le verrai, ce pays où l'on pense.

BÉLISE.

Mon frere, on pense en tout pays:
Celui-là, selon vous, l'emporte sur le nôtre.
Mais voyez-le, & je vous prédis
Que vous en reviendrez meilleur juge du vôtre.

SCENE V.

Les Acteurs précédens, L'OLIVE.

ÉRASTE.

Que veut l'Olive encor ?

L'OLIVE.

Monsieur,
C'est que, dans ce moment, un cheval vous arrive,
Dont l'allure brillante & vive...

ÉRASTE.

Il faut le voir : c'est un Coureur
Que j'ai fait venir d'Angleterre,
Et qui, dans Neumarket, gagna plus d'un pari.

BÉLISE.

Oh bien ! je fais, mon frère, une gageure ici.

ÉRASTE.

Quoi donc ?

BÉLISE.

Qu'il étendra notre Sage par terre;
Qu'à la Philosophie il cassera le cou.

ÉRASTE.

Votre amitié, ma sœur, mal-à-propos, s'effraye.

BÉLISE.

Je vous dis que vous êtes fou.
Il vous faut un cheval comme au pere Canaye,

Un doux & paisible animal,
Qui, plus que son maître, soit sage,
Et qui ne songe point à mal,
Tandis que votre esprit dans la Lune voyage.

ÉRASTE.

Venez toujours voir celui-ci.

BÉLISE.

Trouvez bon que je reste ici:
Tout ce que produit l'Angleterre,
Vous l'admirez! moi, de ce pays-là
Tout me déplaît; charbon de terre,
Philosophes, chevaux.

DAMIS.

Préjugés que cela,
Madame.

BÉLISE.

Oh! quant à vous, Monsieur Blacmore, passe.
Malgré votre pays.... on peut vous faire grâce.

SCENE VI.

BÉLISE, FINETTE.

BÉLISE, *suivant des yeux Damis.*

Sais-tu bien qu'il est fait au tour,
Finette? dans son air, cet Anglois est unique.

FINETTE.

Si bien que, dans ces lieux s'il fait quelque séjour,
Voilà pour vos vapeurs un fort bon spécifique.

BÉLISE.

Oh! Finette, déja j'en avois un tout prêt.

FINETTE.

Un tout prêt! comment donc? Je vous en loue, & c'est?

BÉLISE.

Un mari... Qui t'étonne? Est-ce donc qu'à mon âge
On ne peut pas encor songer au mariage?
Ne puis-je décemment brûler d'un chaste feu?

FINETTE.

Déja veuve trois fois, c'est avoir du courage:
Vous êtes heureuse à ce jeu;
Mais...

BÉLISE.

De mon choix, tu loueras la sagesse.

FINETTE.

Jeune?

BÉLISE.

Et ſans reſſembler à nos Marquis brillans,
Qui n'ont déja plus, à trente ans,
Que les travers de la jeuneſſe.

FINETTE.

De l'eſprit?

BÉLISE.

Ce n'eſt pas préciſément ſon lot;
Mais je n'ai pas beſoin qu'il faſſe d'épigramme:
Quand un époux aime ſa femme,
Et l'aime bien, ce n'eſt jamais un ſot.

FINETTE.

On ne peut mieux penſer, Madame,
Ni plus ſagement ſe pourvoir,
D'un autre œil, cependant, la choſe ſe peut voir,
Et je crains qu'Éraſte ne blâme...

BÉLISE.

Il approuvera mon projet.
Il faut qu'il file doux... J'ai ſurpris ſon ſecret.

FINETTE.

Quoi donc?...

BÉLISE.

Notre prétendu Sage....
(Je te croyois de meilleurs yeux.)
Tous ſes diſcours faſtidieux,
Contre l'Amour....

FINETTE.

Eh bien?

BÉLISE.

Vain étalage,
Système de l'esprit, démenti par le cœur;
Le sien brûle en secret, Sophie est son vainqueur.

FINETTE.

Vous croyez, Madame, qu'il aime...

BÉLISE.

Oh! j'en suis sûre.

FINETTE.

Chut! Madame; c'est lui-même.

SCENE VII.

BÉLISE, ÉRASTE, FINETTE.

BÉLISE.

Mon frère, vous boitez?

ÉRASTE.

Moi? Non.

BÉLISE.

La chose est sûre,
Vous boitez, vous dis-je.

ÉRASTE.

Oh! fort peu.

BÉLISE.

Je vois que j'avois fait une bonne gageure.

ÉRASTE.

Ce n'eſt rien.

BÉLISE.

Le Coureur aura joué ſon jeu.

ÉRASTE.

Une gaieté.

BÉLISE.

Je crains...

ÉRASTE.

Ma ſœur, je vous en prie,
Laiſſons cela ; je veux vous parler de Sophie.
Je m'apperçois que, depuis quelque tems,
Elle n'a plus cette aimable folie,
Partage heureux de l'âge en ſon printems,
Lorſqu'ignorant encore & le monde & les choſes,
Dans le champ de la vie on ne voit que des roſes.
Finette, qu'en dis-tu?

FINETTE.

Mais, Monſieur, entre nous,
Je dis qu'il n'en faut pas chercher bien loin les cauſes.

ÉRASTE.

Comment?

BÉLISE.

Vous avez fait un projet des plus fous;
Mais la Nature eſt plus forte que vous :
Vous ne la rendrez pas muette.
Je me trompe, ou déja Sophie éprouve en ſoi
Cette agitation ſecrette
D'une âme qui ſe ſent ſourdement inquiette,

Sans bien ſavoir encor pourquoi.

FINETTE.

Il faudroit à Sophie autre choſe qu'un livre.
A ſon âge, Monſieur, le cœur a ſes beſoins.
Un époux, par ſes tendres ſoins,
Fait ſentir qu'il eſt doux de vivre.

ÉRASTE.

De quoi parles-tu là? D'un être de raiſon:
Eſt-ce donc pour s'aimer que l'on s'épouſe? Bon!
On veut perpétuer ſa race,
On veut tenir un grand état,
L'Avarice & l'Orgueil préſident au contrat;
Mais bientôt, lit à part, table où l'ennui ſe place,
Écarts des deux côtés, ſouvent fâcheux éclat
Font voir que le bonheur n'eſt pas dans l'opulence;
Qu'en l'irritant ſans ceſſe, on éteint le deſir,
Et que ſouvent le Riche a tout en abondance
Hors l'innocence & le plaiſir.

BÉLISE.

Mais croyez-vous, mon frère, que Sophie
Puiſſe avec vous demeurer décemment?
Quand je n'y ſerai plus?

ÉRASTE.

Comment!
Vous voulez me quitter?

BÉLISE.

Mais.... Je me remarie.

ÉRASTE.

Ma ſœur, c'eſt une raillerie.

BÉLISE.

BÉLISE.

Raillerie est fort bon.... Oh! c'est un fait certain,
Demandez à Finette.

ÉRASTE.

Entre nous, je vous prie,
Vous avez fait mourir trois maris de chagrin,
Et n'êtes pas contente?

FINETTE.

On n'en sauroit rabattre:
Nous avons fait le vœu d'en expédier quatre.

BÉLISE.

Je n'aime pas vos libertés,
Finette; laissez-nous, sortez.

FINETTE, *sort.*

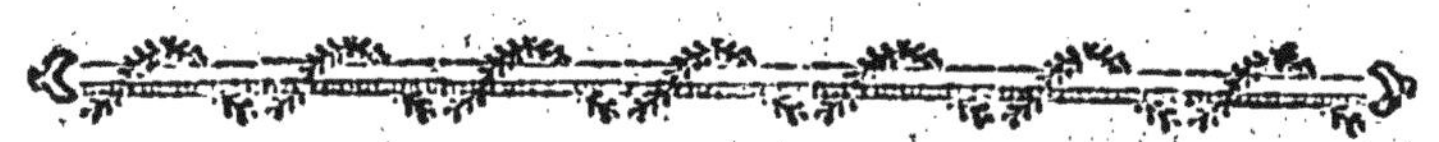

SCENE VIII.

BÉLISE, ÉRASTE.

ÉRASTE.

A vos dépens, au moins, elle a sujet de rire,
Vous êtes folle, il faut le dire;
Et vous allez sur vous attirer les railleurs.

BÉLISE.

Je vous dirai, mon frère, en termes plus honnêtes,
Qu'un Sage (puisqu'enfin, pour nos péchés, vous l'êtes)
N'est bon qu'à donner des vapeurs;

Que dans votre logis l'ennui par trop abonde,
Que depuis un an je m'en meurs ;
Un mari, du moins on le gronde ;
C'est un amusement.

ÉRASTE.

Je vous croyois pour moi
Plus d'amitié, ma sœur.

BÉLISE.

Eh ! mais, en bonne foi,
J'en ai beaucoup. Chez vous, mon frère,
Le cœur est excellent : quant à l'esprit....

ÉRASTE.

Eh bien ?

BÉLISE.

Souffrez que je n'en dise rien :
Vous voulez que l'on soit sincère,
Je pourrois l'être trop.

ÉRASTE.

Enfin, vous me quittez ;
Et d'un nouvel époux....

BÉLISE.

C'est chose décidée ;
Mais il me vient, pour vous, une excellente idée.

ÉRASTE.

Pour moi ?

BÉLISE.

Pour vous même : écoutez.
A l'aimable Sophie, à vous, je m'intéresse ;
Épousez-la.

ÉRASTE.

Vous plaisantez.

(*A part.*)

Connoîtroit-elle ma foiblesse ?

BÉLISE, *d'un air malin.*

Sophie a des appas.

ÉRASTE, *d'un air embarrassé.*

Son âme a des beautés.

BÉLISE.

Oh! oui : deux grands yeux pleins de flâme
Embellissent beaucoup une âme...
Mon frère, parlons sans détour,
Plus d'un Sage s'est pris aux piéges de l'amour.
Tandis que contre lui vous préveniez Sophie,
Le drôle, en tapinois, à la philosophie
N'auroit-il pas joué d'un tour ?

ÉRASTE.

(*A part.*) (*Haut.*)
Il est trop vrai.... Ma sœur, vous êtes femme;
Vous voyez de l'amour par tout.

BÉLISE.

Mon frère, contre lui tel hautement déclame
Dont il pousse le cœur secrettement à bout.

ÉRASTE.

Eh! mais....

BÉLISE.

Riche, & d'un sang dont l'origine est pure;
Votre septieme lustre à peine est révolu....

ÉRASTE.

Il est vrai que, sortant de la Magistrature,
Ainsi que je l'ai résolu....

BÉLISE.

Quant à ce dernier point, il ne sauroit me plaire;
Mais ce projet encor n'est formé qu'à demi,
Et vous m'avez promis expressément, mon frère,
Que vous consulteriez Lisimon votre ami.

ÉRASTE.

Je l'attends ce jour même, & vous tiendrai parole;
Mais de ses sentimens je suis très-assuré.
A l'amour des beaux-arts, à l'étude livré,
Pour l'Hélicon, lui-même a quitté le Pactole.

BÉLISE.

Sa sagesse me plaît, elle n'a rien d'outré.
Quant à notre Orpheline.... Oh! je la vois paroître.

ÉRASTE.

Elle semble rêver.

BÉLISE.

Vous voilà tout ému.
Comme Amant, faites-vous connoître:
Dévoilez votre cœur à son cœur ingénu.
Tâchez de dérider ce front triste & sévère;
C'est un enfant qui n'a rien vu.
Que sait-on? Vous pourrez lui plaire.

(*Elle sort.*)

SCENE IX.

ÉRASTE, SOPHIE.

SOPHIE, *rêvant.*

Rien n'eſt égal au trouble de mon cœur :
Éraſte a bien raiſon : le tourment de la vie,
C'eſt d'aimer....

ÉRASTE, *à part.*

Comment puis-je, avec quelque pudeur,
Lui chanter la palinodie ?
(*Haut.*)
A quoi rêvez-vous donc, Sophie,
En vous parlant ainſi tout haut ?

SOPHIE, *à part.*

O ciel ! me ſerois-je trahie ?
(*Haut.*)
A rien, Monſieur, ou peu s'en faut.
Je laiſſois ma penſée errer à l'aventure.

ÉRASTE, *à part.*

Que lui dirai-je ? O que l'amour
Fait faire une ſotte figure !
Je veux parler, & n'oſe.

SOPHIE.

A votre tour,
Vous rêvez, Monſieur.

ÉRASTE.

Ah ! Sophie.....

Vous voyez contre vous un homme bien fâché.

SOPHIE.

Contre moi !

ÉRASTE, *à part.*

Je n'ai de ma vie

Senti trouble pareil.

SOPHIE.

Qu'avez-vous ?

ÉRASTE.

Ce que j'ai !

De l'amour.

SOPHIE.

De l'amour !

ÉRASTE.

Pour la Philosophie.

Gardez vous de penser qu'un cœur tel que le mien...

SOPHIE.

Vous n'aimez qu'elle, on le sait bien ;

Vous méprisez fort ceux qu'un autre amour engage.

ÉRASTE.

Mépriser, c'est beaucoup. (*A part.*) J'enrage.

SOPHIE.

Éraste, je n'y conçois rien ;

Mon étonnement est extrême :

Votre air & votre ton... Vous n'êtes pas le même.

Vous aurois-je déplu, Monsieur, sans le savoir ?

ÉRASTE.

Eh ! morbleu... de déplaire avez-vous le pouvoir?...
Mais puiſqu'un ſage, enfin, n'eſt marbre ni ſtatue...

SOPHIE.

Daignez pourſuivre.

ÉRASTE.

Non.

SOPHIE.

Je reſte confondue :
Quoi donc ! un Philoſophe, au trouble, aux paſſions
Seroit-il ſujet comme un autre?
Mais s'il me ſouvient bien de vos expreſſions,
L'âme d'un ſage (& c'eſt la vôtre)
Plane loin de la terre, & reſſemble à ces monts
Dont un Ciel libre & pur environne la tête ;
Tandis qu'à leur pied la tempête
Obſcurcit les triſtes vallons,
Voilà, plus d'une fois, ce que m'ont fait entendre
Vos ſublimes comparaiſons.

ÉRASTE.

Je vous marquois le but où le Sage doit tendre ;
Mais vous me faites trop ſentir
Combien tout homme eſt loin de pouvoir y prétendre.

SOPHIE.

(*A part.*)
Il connoît ma foibleſſe... Éraſte!

ÉRASTE.

Il faut ſortir.
Je ne puis me réſoudre à m'expliquer moi-même,
J'aurois trop à rougir.... Adieu.

SCENE X.

SOPHIE, *seule.*

A la brusque façon dont il quitte ce lieu,
Dans le fond de mon cœur il aura lu que j'aime,
Que j'ai trahi les soins qu'il prit de me former:
Mais aussi, vivre sans aimer!
Si c'est-là le bonheur, c'est un bonheur bien triste.
N'importe, il faut me vaincre... oui... mon cœur y résiste.
Mais....

SCENE XI.

SOPHIE, FINETTE; DAMIS, *derriere, & ne se montrant pas.*

FINETTE.

DAMIS avec vous desire un entretien.

SOPHIE.

Je l'ai trop écouté.

FINETTE.

Cependant il insiste,
Et vous cherche.

SOPHIE.

Oh bien! moi, je n'écoute plus rien.
Annoncez-lui que, s'il persiste
A rester en ce lieu contre ma volonté,
On saura sa témérité.
Je veux qu'il s'éloigne sur l'heure:
Je deviens sa complice en le souffrant ici.

DAMIS, *se jettant à ses pieds.*

Dites que vous voulez qu'il meure.

SOPHIE.

Quoi! vous me surprenez ainsi!...
Et ne voilà-t-il pas, Damis, qu'à votre vue,
Malgré moi, mon ame est émue,
Et que je ne sais plus déja
Ce que mon propre cœur desire....
(*Vivement.*)
Oh! levez-vous: tenez, cette attitude-là
Vous donne sur moi trop d'empire:
Vous me feriez d'Éraste oublier les leçons.

DAMIS.

Voulez-vous préférer de folles visions
Aux tendres sentimens d'un cœur qui vous adore?
Éraste est un extravagant.

SOPHIE.

Parlez mieux, s'il vous plaît, d'un homme que j'honore:
Je garde à ses bontés un cœur reconnoissant;
Et sachant à quel point je lui suis redevable,
Vous m'outragez, en l'offensant;
Il m'est cher, il m'est respectable.

DAMIS.

Pardonnez si l'amour....

SOPHIE.

Contre mon bienfaiteur
Je ne puis souffrir qu'il éclate :
Il perd tout pouvoir sur mon cœur,
Quand vous me voulez rendre ingrate.

DAMIS.

Ces sentimens vous font honneur,
Sophie ; & je me prête à leur délicatesse :
Je ne dirai rien qui la blesse.
Qu'Éraste soit un sage, il le veut, j'y consens :
De son cœur je connois, j'admire la noblesse ;
Mais que dans la fleur de vos ans
Il veuille qu'à l'étude uniquement livrée,
Votre âme interdise l'entrée
A l'amour, ce sentiment doux,
Et j'ose dire encor le plus noble de tous,
Lorsque sa flâme est épurée :
C'est une façon de penser
Qu'on peut, je crois, sans l'offenser,
Appeller, tout au moins, chimérique & cruelle.

(*Vivement.*)

Mais c'est à vous que j'en appelle,
A votre propre cœur, qui, prompt à démentir
D'un systême si vain la bisarre imposture,
Vous dit de préférer le bonheur de sentir
A l'orgueil insensé de dompter la nature.

SOPHIE.

Je l'avouerai, Damis ; si j'en croyois mon cœur.

DAMIS, *vivement.*

Vous parle-t-il en ma faveur ?
J'ai voulu m'assurer du bonheur de vous plaire,
Avant de faire agir mon oncle Lisimon.
Votre Tuteur le considère,
Il est son oracle, dit-on.
Puisqu'à mes vœux, enfin, vous n'êtes pas contraire...

SOPHIE.

Je voudrois l'être.

DAMIS, *en la regardant tendrement.*

O Ciel ! vous le voudriez ?

SOPHIE, *le regardant tendrement.*

Non.

DAMIS.

Pourquoi donc, charmante Sophie ?...

SOPHIE.

A vos discours, Damis, je crains de m'arrêter ;
Les Amans sont flatteurs, il faut qu'on s'en défie.
Éraste me l'a dit.

DAMIS.

Eh ! peut-on vous flatter ?
Avez-vous un regard, un souris qui ne touche ?
Sort-il un mot de votre bouche,
Qui n'aille de l'oreille au cœur ?
Le son de votre voix n'est-il pas enchanteur ?
Quelle autre a, comme vous, cette grâce naïve,
Plus rare encor que la beauté,
Et qui, mieux qu'elle, nous captive ?..
Vous flatter !

SCENE XII.

Les Acteurs précédens ; ÉRASTE, *au fond du Théâtre.*

FINETTE, *à Damis.*

Prenez garde : on vient de ce côté.
Éraste... Il pourroit vous entendre.

DAMIS.

(Bas.) *(Haut, avec l'accent Anglois.)*
Laissez-moi faire. Eh bien ! jugez par cet essai,
Si nos Auteurs n'ont pas cette expression tendre....
(A Éraste qui s'est avancé.)
Je lui disois, Monsieur, un beau morceau d'Othouai ;
Mademoiselle s'imagine
Qu'il n'a rien d'égal à Racine.

ÉRASTE.

Oh !

SOPHIE.

Mais exprime-t-il un sentiment bien vrai ?
Je crains...

DAMIS.

C'est la nature même ;
Mon Auteur ne feint point, son art est de sentir.

ÉRASTE.

Celui de vos Auteurs, qu'avant tout autre j'aime :
C'est Shakspéar.

DAMIS.

Nous prononçons, Chespir

ÉRASTE.

Chespir soit : mais en tout j'admire sa manière :
J'aime des Fossoyeurs qui, dans un Cimetière,
Moralisent gaiment sur des têtes de morts :
Nous n'avons rien chez nous de si philosophique.
Nos esprits, pour cela, ne sont pas assez forts...
Othouai, dit-on, est pathétique.
Et je voudrois entendre ce morceau....

DAMIS.

Oui, mais...

ÉRASTE.

Quoi donc ?

DAMIS.

Seroit-il beau
Qu'un Sage, en matière pareille...
C'est de l'amour... L'amour offense votre oreille.

ÉRASTE.

C'est de l'amour Anglois, je saurai me prêter.
Voyons.

DAMIS.

Il faut vous contenter.

ERASTE.

A quoi rêvez-vous donc ?

DAMIS.

Je cherche à vous bien rendre
Ce que l'Auteur fait dire à l'Amant le plus tendre :
« Abjurez une triste erreur.

» Le Ciel à l'humaine Nature
» Donna la beauté pour parure,
» Et l'Amour pour consolateur.
» Dans le calice de la vie,
» C'est une goutte d'Ambroisie,
» Qu'y versa la bonté des Cieux.
» On vous a peint l'Amour de crayons odieux;
» Voyez-le tel qu'il est... Il s'est peint dans mes yeux.
» Ils vous disent : je vous adore ;
» Mon cœur vous le dit encor mieux.

ÉRASTE.

Savez-vous bien, Monsieur Blacmore,
Que vous seriez Comédien parfait ?
Ma foi, si je n'étois au fait,
Je croirois voir en vous un Amant véritable.

DAMIS.

Fi donc !... & le morceau ?

ÉRASTE.

Charmant : nos Traducteurs
M'ont fait un peu connoître vos Auteurs.
Les nôtres n'ont plus rien qui me soit supportable.
Avons-nous un Poëte à Pope comparable ?
Depuis qu'il a prouvé qu'ici bas tout est bien,
Je verrois tout aller au Diable,
Que je croirois qu'il n'en est rien.
(*A Sophie.*)
Incessamment vous pourrez lire,
En original, cet Auteur.
Sentez-vous bien votre bonheur ?
Oh ! çà, Monsieur, daignez me dire,

Lui trouvez-vous des dispositions?
Sera-t-elle bientôt habile?

DAMIS.

Il le faut espérer, pourvu qu'à mes leçons,
Mademoiselle soit docile.

ÉRASTE.

Comptez là-dessus, j'en réponds.
(Sophie & Finette rient.)
Finette & vous, pourquoi donc rire?
De ce que je promets, n'êtes-vous pas d'accord?

SOPHIE.

Eh mais....

ÉRASTE.

Vous me fâcheriez fort
Si vous ne faisiez pas ce que Monsieur desire.

FINETTE.

Oh! c'est bien notre intention.

ÉRASTE.

Eh bien? vous nous quittez, Sophie?

SOPHIE.

Oui, je vais au Jardin.
(Elle sort avec Finette.)

ÉRASTE, *à Damis.*

Faites-leur compagnie.
Tout en se promenant elle prendra leçon...
Si cependant cela vous contrarie,
Vous pourriez préférer mon entretien.

DAMIS.

Oui; mais
Le devoir avant tout, & le plaisir après.

SCENE XIII.

ÉRASTE, *ſeul.*

CE Maître me plaît fort : j'admire ſes lumières:
Qu'à ſon âge on rrouve un François
Également verſé dans toutes les matières !
Ma Pupille, avec lui, fera de grands progrès...
Mais toujours ma Pupille... ô Ciel ! quelle eſt ma honte !
Sophie, un enfant me ſurmonte :
D'où naît donc ſon pouvoir ſur moi ?
Eh bien ! des yeux, un teint... eſt-ce donc là de quoi
Renverſer la tête du Sage ?
Qu'eſt-ce que la beauté ? Rien qu'un vain aſſemblage
De traits & de couleurs... C'eſt fort bien raiſonner.
D'où vient donc que je ſens le contraire ? J'enrage,
Et ne puis me le pardonner :
Sophie... Elle eſt là... J'ai beau faire...
Épouſons-la, prenons une moitié...
Newton ne s'eſt pas marié ;
On me regardera comme un homme ordinaire...
N'entends-je pas une voiture ? Oui.
Ce ſera Liſimon, je l'attends aujourd'hui :
Et je prétends ſur cette affaire...
Je ne me trompois pas : c'eſt lui.

SCENE

SCENE XIV.

ÉRASTE, LISIMON.

ÉRASTE.

Ah! mon cher Lisimon, que dans cet hermitage
Il m'est doux de vous recevoir!
Que j'aurai de plaisir à posséder un Sage!

LISIMON.

Je suis, de mon côté, charmé de vous y voir;
Mais que d'un autre nom votre bouche me nomme:
Ce titre est trop peu fait pour l'homme;
Le moins sage est celui qui croit l'être le plus.

ÉRASTE.

Mais ceux qui savent vous connoître...

LISIMON.

Éraste, brisons là-dessus.
Vous savez qu'un des points entre nous convenus,
C'est de ne point flatter.

ÉRASTE.

Eh bien donc! mon cher Maître,
Je veux vous faire part d'un parti que je prends.

LISIMON.

Je vous parlerai vrai.

ÉRASTE.

C'est à quoi je m'attends,

Vous êtes Philosophe, & m'apprîtes à l'être.

LISIMON.

La chose est aujourd'hui plus rare que le mot.
C'est un nom que chacun s'arroge :
Aussi c'étoit jadis éloge,
C'est injure à présent.

ÉRASTE.

Dans la bouche d'un sot.

LISIMON.

Il est vrai : mais mon cher Éraste,
Savez-vous ce que c'est qu'un Philosophe ?

ÉRASTE.

Quoi?...

LISIMON.

Vous croyez le savoir... Si je vous disois, moi,
Que vous-même, souvent, en offrez le contraste :
Le Philosophe fuit la singularité ;
Il n'est jamais rien avec faste ;
Même en le condamnant, il suit l'ordre arrêté ;
Et, sans se distinguer, vêtu suivant l'usage,
Croit la seule vertu l'uniforme du Sage.

ÉRASTE.

Mais...

LISIMON.

S'il combat le vice & s'oppose à l'erreur,

Ses leçons aux Humains ne sont point des outrages :
Simple en ses actions, modeste en ses ouvrages ;
Il instruit sans orgueil, & blâme sans aigreur.
Voyez si ce portrait, Éraste, vous ressemble.

ÉRASTE.

Mais si je puis, Monsieur, dire ce qui m'en semble,
Pour fuir l'air prétendu de singularité,
Faut-il suivre en aveugle un vulgaire hébété ?
Doit-on, à votre avis, respectant les usages,
Agir comme les fous, pensant comme les Sages ?
Est-ce ma faute, à moi, si je suis singulier ?
Je suis comme on doit être.

LISIMON.

On ne sauroit nier
Qu'il est des cas...

ÉRASTE.

Eh bien ! malgré cette apostrophe,
Vous conviendrez, pourtant, que je suis Philosophe :
Je vais quitter ma charge.

LISIMON.

Ah ! que dites-vous là ?
Qui peut donc, s'il vous plaît, vous forcer à cela ?

ÉRASTE.

Je prétends, dans ma solitude,
Ami de la Sagesse & de la Vérité,
En faire mon unique étude.

LISIMON.

Éraste, ce projet n'est pas bien médité :
Vous aurez de la peine à trouver des excuses.

ÉRASTE.

Eh quoi ! n'avez-vous pas quitté
Le Palais de Plutus pour le Temple des Muses ?
Je comptois, Lisimon, que vous m'approuveriez.

LISIMON.

Le cas est différent. J'ai pu fouler aux pieds
L'Intérêt, ce vil Dieu, qu'aujourd'hui l'on adore ;
Mais vous, qui, Juge intègre, & sage Magistrat,
Tenez près de Thémis un rang qui vous honore,
Votre premier devoir est de servir l'État.

ÉRASTE.

Eclairer son pays, c'est le servir.

LISIMON.

Sans doute ;
Mais peu de gens sont faits pour suivre cette route.
Pour l'instinct du génie on prend sa vanité,
Et, quand il n'est pas sûr qu'on soit de cette étoffe,
Quitter un poste utile à la société,
C'est être déserteur & non pas Philosophe.

ÉRASTE.

Mais....

LISIMON.

Quitter votre charge, ah ! c'est un dernier trait
Contre lequel il faut qu'ouvertement j'éclate :
Qu'un autre applaudisse & vous flatte ;
Mais moi, je vous le dis tout net,

Renoncez à votre projet,
Ou je romps, dès ce jour, avec vous tout commerce :
A la philosophie on impute vos torts.

ÉRASTE.

Est-ce ma faute à moi, s'il n'est point de butors
Dont la plume aujourd'hui contre elle ne s'exerce ?

LISIMON.

Oui, c'est par vos pareils, par vous (je le maintiens)
Que la philosophie est en bute aux outrages.
Semblables aux Européens
Qui fournissent, contre eux, de la poudre aux Sauvages,
Vous donnez des armes aux sots ;
De vos travers ils se prévalent,
Avec emphase ils les étalent,
Et pensent, tout au moins, devenir les égaux
Des hommes éminens que sans cesse ils ravalent.

ÉRASTE.

Ne fut-il pas toujours des sots & des méchans,
Ennemis nés de la philosophie ?
Et leurs traits n'ont-ils pas poursuivi de tout tems
Le talent qu'on admire & qui les humilie ?

LISIMON.

C'est quelquefois sa faute.

ÉRASTE.

Eh! comment, s'il vous plaît ?

LISIMON.

Je dis la chose comme elle est.
(*Avec chaleur.*)
Si d'être célébré vous avez la manie,

Qu'avez-vous besoin de travers ?
Les moyens vous en sont offerts ;
Occupez-vous des loix dont vous êtes l'organe ;
Combattez, détruisez l'hydre de la chicane ;
Veillez pour l'orphelin, secourez l'innocent,
Rendez, surtout au foible, une prompte justice ;
Qu'aux yeux de la beauté, qu'à la voix du puissant,
La balance jamais dans vos mains ne fléchisse.
Aux devoirs d'un si noble emploi
Immolez vos plaisirs, immolez-vous vous-même.
Sachez qu'on ne s'éleve à la gloire suprême
Qu'autant qu'on ne vit pas pour soi.
Vous passerez encor pour singulier, peut-être ;
Mais, mon cher ami, croyez-moi,
C'est ainsi qu'il est beau de l'être.

ERASTE.

Vous m'échauffez ; je sens que vous avez raison ;
Je crois votre conseil & garderai ma place.

LISIMON.

Ah ! venez que je vous embrasse.
Si je vous ai parlé trop vivement, pardon.
Je sais tout ce qu'en vous le ciel a mis de bon.
Par exemple, vos soins pour la jeune Sophie
Honorent la philosophie.
Quels sont, sur elle, vos desseins ?
Vous rougissez !

ÉRASTE.

Comment vous avouer que j'aime ?
Votre sagesse, que je crains,
Ne me passera pas cette foiblesse extrême.
Vous condamnez l'amour.

LISIMON.

Cessez de vous troubler :
La philosophie est moins dure,
Et se propose de régler,
Non de détruire la nature.

ÉRASTE.

Mais moi, me marier !...

LISIMON.

Hé ! qui donc, s'il vous plaît,
Sera bon citoyen, bon époux & bon père,
Si le Philosophe ne l'est ?
Son exemple est, surtout aujourd'hui, nécessaire.
Éraste, vous deviez à Sophie un époux ;
J'approuve fort que ce soit vous,
Et cela m'impose silence.

ÉRASTE.

Sur quoi ?

LISIMON.

J'avois dessein de vous la demander
Pour mon Neveu, jeune homme d'espérance,
Qui doit un jour à mes biens succéder.

ÉRASTE.

J'eusse aimé fort une telle alliance.

LISIMON.

A votre projet, moi, de grand cœur, j'applaudis.

ÉRASTE.

Ce mariage-là fera du bruit, je pense.

LISIMON.

Mais, non : rien n'est plus simple.

ÉRASTE.

Oh ! point : tous nos amis,
Milord Cobbam, ſurtout, en ſera bien ſurpris.

LISIMON.

Je viens d'avoir de ſes nouvelles.

ÉRASTE.

Je viens d'en recevoir auſſi.

LISIMON.

Je le plains fort : ſon fils lui vient d'être ravi ;
Il m'écrit qu'il en eſt dans des peines cruelles.

ÉRASTE.

De qui parlez-vous ?

LISIMON.

De Milord.

ÉRASTE.

De Milord Cobbam ?

LISIMON.

Oui.

ÉRASTE.

Vous me ſurprenez fort.
Son fils vient d'épouſer cette riche héritiere. . . .

LISIMON.

Qui vous a fait ce beau rapport ?

ÉRASTE.

Son père me le mande.

LISIMON.

Il me mande ſa mort.

ÉRASTE.

Parbleu! la chose est singulière,
Ma lettre est du vingtieme.

LISIMON.

Et la mienne est du vingt.

ERASTE, *tirant sa lettre.*

Voyez.

LISIMON.

C'est de Milord l'écriture & le seing.

ÉRASTE.

Lisez.

LISIMON.

Dans notre langue il faut vous la traduire.

(*Il lit.*)

« Mon cher ami, c'est le plus malheureux des peres
» qui vous écrit : j'ai perdu mon fils en deux jours, sa
» mort.... »

Eh! bien, ai-je raison ?

ÉRASTE.

Je ne sais plus que dire :
Rendez-vous bien le sens, Lisimon.

LISIMON.

Mot à mot.
Qu'avez-vous donc ?

ÉRASTE.

J'ai... que je suis un sot.
Holà! quelqu'un! allez, faites venir Blacmore.

LISIMON.

Quel est donc ce Blacmore ?

ÉRASTE.

Un homme, je le voi,
Qui (comme bien des gens dont c'est-là tout l'emploi)
Fait métier de montrer ce que lui-même ignore.

SCENE XV.

ÉRASTE, LISIMON, DAMIS.

ÉRASTE.

Monsieur le Maître Anglois, approchez.

DAMIS.

Je suis pris :
C'est Lisimon.

ÉRASTE, *à Lisimon, qui éclate de rire.*

Eh mais ! pourquoi donc tous ces ris ?

LISIMON.

Parbleu ! c'est que le tour est drôle.
Votre Anglais, natif de Paris,
A tout-à-fait l'air de son rôle.
Mais savez-vous qui c'est ?

ÉRASTE.

Un fripon.

LISIMON.

Mon neveu.

ÉRASTE.

Damis ! je suis surpris on ne peut davantage....

LISIMON.

Cette plaisanterie est un jeu de son âge.

DAMIS.

Non, Monsieur ; pardonnez, il faut faire un aveu ;
L'amour m'a fait ici jouer ce personnage ;
Et Sophie....

LISIMON.

Oh ! ceci passe le jeu.

DAMIS.

Tous les cœurs lui doivent hommage ;
Le mien de ses vertus charmé...
(*A son oncle qui paroît indigné.*)
Vous me condamnerez ; vous n'avez point aimé.

LISIMON.

Oui, Monsieur, très-fort, je vous blâme :
Ne tient-il donc qu'à suivre une imprudente flâme ?
L'amour ne sert d'excuse à rien,
De notre caractère il emprunte le sien ;
Et par de nobles traits se faisant reconnoître,
Dans un cœur vertueux l'amour se plaît à l'être.
Du vôtre, mon Neveu, songez à triompher.

DAMIS.

Cet amour est ma vie.

LISIMON.

Il le faut étouffer.

DAMIS.

Vous voulez donc, mon Oncle, que j'expire ?

LISIMON.

On ne meurt point, Monsieur, & l'on fait son devoir;
Mais, pour vous ôter tout espoir,
Sachez, puisqu'il faut vous le dire,
Qu'Éraste pour Sophie a fait choix d'un époux.

DAMIS, *à Éraste.*

C'est donc à moi, Monsieur, d'embrasser vos genoux.
Verrez-vous sans pitié mon désespoir extrème?
Mais où se cache ce rival?
Mérite-t-il?...

LISIMON.

Damis, n'en dites point de mal:
Vous étiez à ses pieds.

ÉRASTE, *qui, pendant le dialogue de l'Oncle & du Neveu, a paru rêver profondément.*

Oui, Monsieur, c'est moi-même,
Et mon amour au vôtre est tout au moins égal.
(Il va au fond du Théâtre.)
Que l'on fasse venir Sophie.

LISIMON.

Vous voyez, mon Neveu, qu'il n'y faut plus songer.

DAMIS, *vivement.*

Rien mon oncle, non, rien ne m'en peut dégager;
Et si je vous suis cher...

LISIMON.

Mais c'est de la folie.
(A Éraste qui revient.)
Quel est votre dessein, Éraste, je vous prie?

ÉRASTE.

Vous allez entendre & juger.

SCENE XVI ET DERNIÈRE.

ÉRASTE, LISIMON, DAMIS, SOPHIE, BÉLISE, FINETTE.

ÉRASTE.

Approchez-vous, Sophie, & prêtez-moi silence.
Vous savez, depuis votre enfance,
Tous les soins que j'ai pris de vous:
Vos vertus sont ma récompense;
Mais je ne suis pas quitte, il vous faut un époux....
D'une aimable rougeur votre front se colore,
Sophie, & vous baissez les yeux.

SOPHIE, *avec embarras.*

Monsieur.

ÉRASTE.

Cet embarras vous embellit encore.

FINETTE.

Rougir au mot d'époux, c'est s'expliquer au mieux.

BÉLISE.

C'est répondre d'après nature.

ÉRASTE.

Il faut donc en remplir le vœu.
Des foiblesses d'un cœur qui cachoit sa blessure,
Il faut vous faire aussi l'aveu:
Tandis que chargeant sa peinture,

Je vous offrois l'Amour sous des traits odieux,
Le traître, caché dans vos yeux,
Rioit de mes leçons, & gravoit dans mon âme
Votre portrait en traits de flâme.

SOPHIE.

Vous aimez ! mais, Monsieur, ce n'est donc point un mal?

DAMIS, *vivement.*

C'est un bien qui n'a point d'égal.

SOPHIE, *à Éraste.*

Vous me trompiez !

ÉRASTE.

Je me trompois moi-même :
Il est trop vrai que je vous aime,
Et qu'à vous posséder j'attache mon bonheur ;
Mais je n'ai jamais sçu tyranniser un cœur :
Et quel que soit pour vous l'excès de ma tendresse,
Je veux de votre choix que vous soyez maitresse :
Je vous donne pour dot cinquante mille écus...
Point de complimens là-dessus :
Je vous ai tenu lieu de père,
Et c'est à moi de vous doter.

SOPHIE, *pénétrée.*

Ah ! comment pourrai-je acquitter ?...

ÉRASTE.

Je n'ai rien fait pour vous que ce que j'ai dû faire :
Votre père, en mourant, me légua votre sort :
J'ai fait honneur au legs : mais je rougirois fort
De penser que ce fût un titre pour vous plaire ;
Consultez votre cœur pour donner votre foi,

Et choisissez entre Damis & moi.

SOPHIE, *à part.*

Qu'un si beau procédé me confond & me touche!

DAMIS, *vivement.*

Sophie, avant que de fixer mon sort,
Songez, hélas! songez que votre bouche
Va prononcer, ou ma vie, ou ma mort:
Je ne veux point de la dot qu'on vous donne.
Riche assez de vous posséder,
Je ne veux que votre personne;
Mais je meurs, s'il faut vous céder.

LISIMON.

Jeune insensé, vous voulez que Sophie
A vos desirs lâchement sacrifie
Ce qu'elle doit...

DAMIS, *avec la plus grande chaleur.*

Oui, j'espère... Je veux.
Vous ignorez, mon oncle, comme on aime;
Un cœur dont l'amour est extrême,
Ne sait point renoncer à l'objet de ses vœux.
Le véritable amour n'est point si généreux;
Il immole tout... hors lui-même.
(Il se jette aux pieds de Sophie.)
J'attends mon arrêt à vos pieds.

SOPHIE, *à part.*

O Ciel! dans quel trouble il me jette!
(A Damis.)
Je prétends que vous vous leviez,
Damis; levez-vous, dis-je, ou ma bouche est muette.

ÉRASTE, *à part.*

Je vois qu'il est aimé.

SOPHIE, *à part.*

Que vais-je prononcer?

(*Haut.*)

Éraste, vos bienfaits ont des droits sur mon âme,
Que rien jamais ne pourra balancer.
Vous avez beau vouloir y renoncer,
Et ne laisser parler que votre flâme,
Plus vous les oubliez, & plus je m'en souvien...
Mais pourquoi vous montrer sous des dehors austères?
Pourquoi contre l'Amour ces discours si sévères?
M'ont-ils dû disposer à ce tendre lien;
Et lorsque votre amour éclate,
Pourrai-je?... Oui, je puis tout, plutôt que d'être ingrate
Et dût votre bonheur me coûter tout le mien,
Fallût-il vous donner ma vie..
Je suis prête...

ÉRASTE.

Achevez... Vous vous troublez, Sophie.

SOPHIE, *avec effort.*

Non, Monsieur.

ÉRASTE.

Eh bien donc?

SOPHIE. *Elle regarde Damis, soupire, & présente sa main à Éraste.*

Mon devoir est ma loi:
Voici ma main, Éraste.

DAMIS.

O Ciel!

ÉRASTE.

Je la reçoi.

(*Après une pause.*)

Mais, Damis, c'est pour vous la rendre.

DAMIS.

Qu'entends-je ?...

SOPHIE.

Quoi, Monsieur!

ÉRASTE.

Je fais ce que doi :
A vos vrais sentimens je ne puis me méprendre.
Vous avez beau vouloir vous vaincre en ma faveur,
Damis possède votre cœur :
C'est à moi, sur le mien, d'emporter la victoire.

DAMIS.

Je doute si je veille, & j'ai peine à vous croire ;
De ce bonheur inattendu
Mon esprit encor se défie...
Parlez donc, charmante Sophie.

SOPHIE, *à Éraste.*

Dans le saisissement de mon cœur éperdu,
J'ai peine à trouver des paroles...

ÉRASTE.

Ce sont témoignages frivoles :
Il n'en est pas besoin, votre cœur m'est connu.

SOPHIE.

Que je sens bien tout ce qui vous est dû !

ÉRASTE.

Je fais votre bonheur, il sera mon salaire;
J'exige cependant une grâce de vous.

SOPHIE.

Parlez, Monsieur, que faut-il faire?

ÉRASTE.

En aimant Damis comme époux,
Me chérir encor comme père.

SOPHIE.

Ce dernier trait achève, & met le comble à tous.

DAMIS & SOPHIE *se jettent aux pieds d'Éraste.*

Nous sommes vos enfans.

BÉLISE.

Il faut pourtant le dire:
Les Philosophes sont des fous,
Que, malgré soi, quelquefois l'on admire.

LISIMON, *à Éraste.*

C'est avoir sur vous-même, Éraste, un grand empire.
Ce sublime effort de raison
Est d'un rare & pénible usage.
Ne soyez singulier que de cette façon,
Et le Public en vous respectera le Sage.

FIN.

ÉPÎTRE

A UN JEUNE POETE,

Qui veut renoncer aux Muses.

FAVORI d'Apollon, ô toi ! dont Polymnie
Eclaira le berceau des rayons du génie,
Qui dans un vers facile, harmonieux, flatteur,
Sais, en charmant l'oreille, intéresser le cœur,
Est-il vrai, que cédant au dépit qui t'anime,
Abjurant les neuf Sœurs, & maudissant la rime,
Tu laisses le champ libre à tes heureux Rivaux ?
Je sais que jusqu'ici, pour prix de tes travaux,
Couronné par la Gloire, attaqué par l'Envie,
Ce monstre a, de son souffle, empoisonné ta vie,
Je ne veux point, Ariste, excuser ses fureurs,
De ton âge imprudent t'opposer les erreurs,
Et faire le procès à ta Muse indiscrète ;
Quel homme impunément fut, & jeune, & Poëte ?
Non : mais je te dirai : garde-toi du Dépit,
C'est un guide trompeur, le Repentir le suit.
Si, doué par le Ciel d'un talent ordinaire,
Ta vanité n'eût pris qu'un essor téméraire,
Je dirois : tu fais bien ; quitte un travail ingrat ;
Il en est tems encor, choisis un autre état ;
Fais ce qu'à tant de sourds en vain Boileau conseille ;
Mais le Frélon doit-il décourager l'Abeille ?
Avare de son tems, cette fille du Ciel,

Pompe le suc des fleurs, compose en paix son miel.
La Haîne a, contre toi, déchaîné la Critique;
Es-tu donc le premier qui, par ce monstre étique,
Dans Athènes, dans Rome, & même dans Paris,
Ait vu calomnier ses moeurs & ses écrits?
Des Ages renommés interroge l'histoire,
Et vois, par-tout, l'Envie à côté de la Gloire:
D'un mérite éminent le fatigant éclat,
Des mortels, nés jaloux, blesse l'œil délicat;
Dans la tombe on l'honore, & vivant on l'opprime:
L'orgueil du cœur humain nous vend cher son estime.
Il est beau, cependant, de s'en voir honoré:
Tu préfères la paix; mais loin du Mont Sacré,
Connois-tu quelque port à l'abri des orages,
Où l'homme ait un bien pur & des jours sans nuages?
Homère, qui, fertile en belles fictions,
Prête un si riche voile à ses instructions,
Près du trône où s'assied le Maître du tonnerre,
A placé deux tonneaux, dont ce Dieu, sur la terre,
Verse à tous les humains le bien avec le mal:
Les lots sont différens, le partage est égal:
Sur les trônes, l'Ennui prend noblement sa place;
Le Riche a des sens morts avec un cœur de glace:
Sous l'humble toît du Pauvre, habite la Santé,
Compagne du Travail, mère de la Gaité.
Plaisirs simples & vrais, cœur honnête, esprit sage,
La Médiocrité vous reçut en partage.
La stupide insolence & l'ivresse de l'or
Se lisent sur le front du parvenu Mondor.
Pour trésors, le Poëte eut les dons du génie:
Trop rarement, peut-être, il eut la modestie.
Troublé par les revers, enflé par le succès,

Son cœur, prompt & mobile, est sensible à l'excès.
Rien n'est pur ici bas : quand l'Art & la Culture,
A leur livrer ses biens, ont forcé la Nature,
Combien (sans l'homme hélas !) d'animaux ravisseurs
Disputent au Travail le prix de ses sueurs !
Mille insectes, armés d'une trompe ennemie,
Souillent les seps du Dieu qui console la vie,
Et dévorent l'espoir du triste Vigneron.
Faut-il donc s'étonner que l'Arbre d'Apollon
Ait son insecte aussi, qui cherche à le détruire ;
L'impuissance, la faim, & la rage de nuire,
De reptiles sans nombre infectent l'Hélicon.
Garde-toi de salir tes écrits de leur nom.
Méprise-les, Ariste, & mets dans la balance
D'un Amant des neuf Sœurs la noble indépendance ;
Ce tranquille réduit, où, loin d'un monde oisif,
L'étude sait fixer ce Vieillard fugitif,
Qui, pour tant de mortels, si pesamment se traîne
Où les grands Ecrivains, & de Rome & d'Athène ;
Philosophes profonds, Poëtes, Orateurs,
Sont pour lui des amis & des consolateurs ;
Offrent à son esprit l'esprit de tous les âges,
Et l'échauffant du feu de leurs divins ouvrages,
Y portent ce desir de l'immortalité,
Qui, par des esprits froids, de chimère traité,
Mobile du Héros, ressort des grandes âmes,
Elève l'homme au Ciel sur des aîles de flâmes,
Et de cette hauteur lui montre le néant
De ces biens si vantés qu'on poursuit en rempant.
Nul bien ne vaut, crois-moi, les charmes de l'étude.
Crains de livrer ton cœur à cette inquiétude,
Qui, sans cesse, ici-bas, nous portant à changer,

S'exagère le bien qui nous est étranger,
Insensible à celui qui fut notre partage.
Vole & suis la carrière où la Gloire t'engage.
Aux fureurs de l'Envie, à ses tristes clameurs
Oppose tes écrits, le silence & des mœurs.
Veux-tu la braver mieux ? Plus habile à nous plaire,
Ose, en te surpassant, irriter sa colère :
Que sa rage impuissante éveille les échos ;
Malheur à l'Ecrivain qu'elle laisse en repos.
Dans tes nobles écrits que la vertu respire :
Sois avare d'encens, défends-toi la satyre :
Vis avec tes égaux : admis auprès des Grands,
Respecte l'homme en toi, respecte en eux les rangs :
Ne rends point à leurs yeux, par fierté, par bassesse,
Ridicules ou vils les titres du Permesse.
Tout Mortel est jaloux, mais tout Auteur est vain :
Étouffe dans ton cœur ce dangereux levain,
Fuis la Présomption : c'est alors qu'il s'oublie,
Qu'on veut bien quelquefois faire grâce au génie ;
Mais s'il se rend lui-même un hommage éclatant,
On refuse à l'orgueil ce qu'on doit au talent.

APPROBATION.

J'AI lu, par ordre de Monseigneur le Chancelier, *l'Anglomane*, ou *l'Orpheline léguée*, Comédie ; & je crois qu'on peut en permettre l'impression. À Paris, ce 21 Novembre 1772. MARIN.

Le Privilège se trouve aux Œuvres de l'Auteur.

De l'Imprimerie de C. SIMON, Imprimeur de LL. AA. SS. Messeigneurs le Prince de CONDÉ, & le Duc de BOURBON, rue des Mathurins.

www.ingramcontent.com/pod-product-compliance
Ingram Content Group UK Ltd.
Pitfield, Milton Keynes, MK11 3LW, UK
UKHW021621260726
13965UKWH00007B/1398

9 782011 927255